FOR

ROLY

SPRING

悲傷長了翅膀

GRIEF IS THE THING WITH FEATHERS

MAX
PORTER

麥克斯・波特 著　李靜宜 譯

春天出版

我們對愛（烏鴉）所知的，
是愛（烏鴉）無所不在。
如此已然足夠，
貨物（烏鴉）總須與車轍（烏鴉）成比例。

——艾蜜莉・狄金遜

PART ONE

一抹夜色

A LICK OF NIGHT

男孩

我枕頭上有根羽毛。

枕頭是羽毛做的，快睡吧。

很大的一根黑色羽毛。

過來，來我床上睡。

你的枕頭上也有羽毛。

別管羽毛了，我們睡地板上吧。

爸爸

她過世之後四、五天，我獨坐在客廳裡，想著該做什麼。緩緩晃來晃去，等待驚嚇消失，等待任何可以名狀的感覺從我假裝秩序井然的生活裡浮現。孩子們在睡覺。我喝酒。對著窗外抽手捲菸。我覺得，她之所以離去的主要理由，是為了讓我永遠變成像這樣一個整理生活的人，變成像這樣一個只會列清單的生意人，滿嘴陳腔濫調的感激之詞；變成像這樣一個機器也似的建築師，負責為沒媽的小小孩建立生活秩序。哀慟感覺起來像有四維空間，抽象，又隱隱有些熟悉。我覺得冷。

過去這段時間親切圍繞周圍的朋友和親人回家去過他們自己的生活了。孩子們上床睡覺之後，公寓變得一點意義都沒有，沒有任何動靜。

門鈴響，我又得打起精神面對更多的親切善意。又一盤千層麵，幾本書，一個擁抱，還有裝在鍋裡給兩個男孩的即食菜餚。當然，面對這些來來去去的致哀者，我已經成為一名專家，透徹了解他們的行為舉止。身處震央，讓人對其他每一個人的存在都有了某種具奇特人類學意義的認知理解；傷心得無法自抑的，虛情假意故作感傷的，假裝什麼事都沒有的，延挨著遲遲不肯走的，以及剛剛成為她、我和男孩們最好朋友的人。這些人我直到現在都還他媽的搞不清楚誰是誰。我覺得自己像是以前在某張驚人圖片裡看見的地球，周圍環繞厚厚一圈太空垃圾。其他人對我已故妻子表現出來的哀嘆，緊緊糾結纏成一個夢，我覺得要很多很多年才可能漸漸淡去，讓我再度看見黑暗的太空。當然啦，不必說也知道，這樣的想法讓我覺得很有罪惡感。但是，為了支持我自己，我心想，一切都已經改變了，她已經離去，我愛怎麼想都可以。她一定會贊同的，因為我們向來就太愛分析事理，太憤世嫉俗，很可能也不夠忠貞，滿腦子迷惑。亡者晚宴，好意的婊子。偽善。朋友。

門鈴又響了。

我走下鋪地毯的樓梯，踏進冷颼颼的玄關，打開大門。

沒有街燈，沒有垃圾桶，沒有鋪路石。沒有形影，沒有光線，什麼都沒有，只有惡臭。

一聲劈啪，咻咻，我整個人被震得往後倒，喘不過氣來，撞倒在門階上。玄關一片漆黑，冷得要命，我心想：「這是什麼世道，我今天晚上竟然在自己家裡被搶？」但接著，我又想：「老實說，這又有什麼關係？」我想：「拜託，別吵醒我兒子，他們需要睡眠。只要你不吵醒他們，我身上的每一毛錢都給你。」

我張開眼睛，還是黑漆漆的，所有的東西都嗶嗶剝剝，沙沙響。

羽毛。

腐臭味好濃，甜膩可怕的味道，是剛腐壞不能吃的食物，加上苔蘚、皮革與酵母的味道。

羽毛在我手指之間，在我眼裡，在我嘴裡，在我身體下方，是一張羽毛吊床，把我抬起，距磁磚地板一呎之遙。

一隻黑得發亮的眼睛和我的臉一樣大，緩緩眨動，嵌在皮革般皺巴巴的眼窩裡，凸出來，像一顆大得像足球的睪丸。

噓——

他這麼說：

我要待到你們不需要我的時候才離開。

除非你說哈囉。

噓——

放我下來，我說。

放。我。下。來。

我啞著嗓子說，我的尿液暖暖濡濕了他那托住我身體的翅膀。

你很害怕。說哈囉就好。

哈囉。

好好的打招呼。

我整個人往後倒，乖乖認命。我好希望妻子沒死。好希望我沒驚恐地在我家玄關躺在這隻巨鳥的懷抱裡。我好希望在遭逢人生最大悲劇的此刻，沒一直沉溺在這件事上。這是真真實實的渴望。痛苦卻美好。我的腦袋開始有點清楚了。

哈囉，烏鴉，我說。終於見到你了，真好。

*

他走了。

這些日子以來頭一次，我睡著了。我夢見森林裡的午後時光。

很浪漫呢，我們的頭一次見面。舉止笨拙。乒呤乓啷。夾層公寓，樓上有兩間臥房。稍微動點手腳，輕輕鬆鬆穿牆而入，直上閣樓臥房，看見那兩個靜靜睡覺的可愛男孩，聽見這兩個天真男孩發出的呼吸聲，真是令人開心哪。線頭毛球，長頸水瓶，零零碎碎的小東西，整個地方瀰漫沉重的哀悼氣氛，每一件東西的表面都有著去世的媽媽的痕跡。每一根蠟筆，每一輛小玩具車、外套和防水靴，都裹著一層傷慟的薄膜。走下死去媽媽的樓梯，蜷起爪子，啪噠啪噠走向爸爸的臥房——這裡不久前還是「爸和媽的臥房」。我是沒有角的獵人赫恩[1]，蠢蛋。渾蛋。他在這裡。不醒人事，醉得臉色慘白。我俯身靠近，聞他的味道。有腐臭的樹籬，矢車菊。我扳開他的嘴巴，數數骨頭，從他沒刷的牙齒裡挑出一些東西來吃，替他清牙縫，把他的舌頭拉向這邊，扯向那邊。掀開被子。

我像愛斯基摩人那樣親他，和他鼻尖碰鼻尖。我像蝴蝶那樣親他。我像緩緩拍著翅膀的巧婦鳥那樣親他。他這渾身線頭毛球（連腳趾頭之間都是）他媽的皮囊，既傷心又舒適，沉下，輕輕上升，然後下，上，然後下，上，然後下。我祈求他呼吸，聽見他的表皮輕輕嘆息：「肉，啊，肉，啊，肉，啊。」我覺得真是美好，上（就像我一樣），然後下（就像我一樣），平底鍋的形狀（就像我一樣）。奇怪的是，我鑽進他被子底下，並沒有讓他起來，惡臭，噁噁噁，足以驚醒人類（鳥的羽毛，探進你的腦袋，鑽進你的鬥雞眼，伸進你的嘴巴裡）但他還是睡，臥房活像陵墓。他是意外的殘存者，而我知道這是最好的表演，真正好玩的事。我把爪子伸向他的眼球，思索著要因為好玩或悲憫而把眼球挖出來。我從身上拔下一根黑亮的羽毛，擱在他前額，留給，他的，腦袋。

　當成紀念品，當成警告，當成清晨的一抹夜色。

　　讓哀慟可以暫時歇息。

我會給一些事情去思索，我輕聲說。

他醒來，在他創傷的黑暗之中，沒看見我。

咕吱，他嘟囔著。

咕吱。

爸爸

今天我回去上班。

我撐了半個小時，然後開始塗鴉。

我畫了一張葬禮的圖畫。每個人都有張烏鴉臉，除了那兩個男孩之外。

看看這個，看啊，我到底有還是沒有，喔，試試吧。好書，可笑的身體，打開門，甩上門，吐出這個，舔舔那個，飛起，噢，聽好了，快停下來。

機會不錯。別在意，每個黃昏，每個破曉，一切都改變了，這裡都是肉，那裡也都是肉，衝破惡臭。我到底有還是沒有，喔喔，瀝青。可以吃的，黏糊糊的，蹩腳的保護色。

把我綁在旗桿上吧，否則我就狠狠撞她，撞到我可以精準地掏盡她的抱歉，抱歉，抱歉，看哪！一隻切斷的手，刺藤灌木，盒裝的天鵝，盒裝的故事，噴得遠遠的尿尿，這樣比較好吧，一定要停止抖動，一定要完全靜止，旗桿一動也不動。

噢，聽好了，相信我。我到底是有還是沒有忠實的把聖文森特[2]送到里斯本。一路平安喔，有少許的肝，嗅一嗅，聞一聞，衣物柔軟精，皮革，欄杆熔鑄成炮彈，子彈。我到底是有還是沒有帶著老巫婆渡河。別鬧了，沒有。咿咿呀呀的大黑鳥不假思索，去你的膽小鬼，卑鄙，娘娘腔，笑吧，說吧，笑吧，叫吧。有耐心一點。

我沒辦法讓他往後仰靠在椅子上，餵他喝一點苦澀的病情簡報，讓他一嚐老婆死亡的真實況味。**換成是其他的鳥就會這麼做**，在這個王國裡哪有什麼好人壞人。最好還是下猛藥。

但我相信漸進療法。

男孩

我們是有遙控汽車和印章玩具組的小男孩，而且我們知道情況有些不對勁了。我們知道我們問：「媽媽呢？」的時候，沒有得到直截了當的回答，甚至在我們還沒被帶回房間，爬到床上，一人一邊夾著爸爸坐在床上之前，我們就知道情況不對了。我們猜想，也了解，這是新的生活，爸爸是和以前不一樣的爸爸，我們是和以前不一樣的男生，我們是沒有媽媽的勇敢新男孩。所以他告訴我們出了什麼事的時候，我不知道我那個兄弟是怎麼想的，但我心想：救火車在哪裡呢？發生這種事情的時候，不是都會有吵吵鬧鬧的噪音，可是在哪裡呢？怎麼沒有陌生人跑來幫忙，尖叫，對我們揮舞著在黑夜裡閃閃發亮的急救設備，想辦法安置我們、拯救我們呢？

應該要有戴頭盔的人，講著危機的語言，新鮮且誇張。應該要有大到恐怖程度的噪音，對我們這間舒適的倫敦公寓來說，完全陌生，也完全不成比例的噪音。

沒有人群，沒有穿制服的陌生人，沒有新鮮的危機語言。我們還是穿著我們的睡衣，有人來看我們，給我們東西。

假期和上學變得一樣了。

在其他的版本裡，我會是個醫生或是幽靈。完美的設定是：醫生、幽靈與烏鴉。我們可以做其他角色做不來的事，例如吞噬悲傷和未面世的秘密，靠著語言和上帝發動戲劇化的戰爭。我是朋友，是藉口，是天降救星，是玩笑，是病徵，是憑空虛構，是妖魔鬼怪，是拐杖，是玩具，是魅影，是封口布，是分析師，是保姆。

而我，說到底，是「最核心的那隻鳥……不管從哪一個角度來說」。我是樣板。我知，他知。是悄悄溜進來的謎。滑了一跤跌進來的謎。

無可避免的，我必須捍衛自己的立場，因為我的立場就是感性。你不知道你們源起的故事，你們生理本質的真相（意外），你們的死亡（通常是被蚊子咬），你們的人生（自制，興高采烈）。我不願和你們任何一個人討論荒謬的事，因為你們打從盤古開天就開始迫害我們。烏鴉對這群哀慟的人有何用呢？不過是一團混亂罷了。

是悸動。

痛楚。

栓塞。

裂縫。

負荷。

缺口。

所以，沒錯，我是吃小兔子，掠奪鳥巢，吞下污物，僥倖逃離死神，嘲笑挨餓的流浪漢，走錯方向，傳遞錯誤訊息。喔，試試吧！浪費了該死的大把時間。

但我在乎，非常在乎。我覺得人類很沉悶，除非深陷哀慟之中。健康、災禍、饑荒、暴行、光鮮亮麗或平凡無奇的生活很少挑起我的興趣（我的興趣！）但是沒媽的孩子確實是我會感興趣的。沒媽的孩子是最純粹的烏鴉。對感性的鳥來說，襲擊這樣的窩巢時機成熟，收穫豐碩，甜美誘人。

爸爸

我畫她整個人被拆解，肋骨像X光片裡的那樣支離分散，一隻隻死掉的鳥兒在她骨頭上唱歌。

烏鴉

我寫過千百本回憶錄。這對像我這種大名鼎鼎的生物來說是必要的。我相信這是所謂的必要使命。

很久很久以前，有一場該死的婚禮，烏鴉兒子很生氣，因為他媽媽要再婚。所以他飛走，飛去找他爸爸，但卻只找到腐肉。他到處交朋友，有農夫（他把其他鳥兒帶到他們的槍口前面）、科學家（他可以操作連黑猩猩都操作不來的工具），還有一兩個詩人。有幾次，他以為自己找到了爸爸的骸骨，對著可惡的蒼鷹嘶吼尖叫說：「這是我爸的白骨！」但每回再仔細看看，就發現那是其他烏鴉的屍體。所以，厭倦了這種煞有其事的生活型態，受夠了自己頂著預兆的名聲，他一躍而起，飛回家去。婚宴還正盛大進行，在堆滿樓梯腳下的垃圾堆裡和他媽媽纏綿的那隻灰色老烏鴉，竟然不是別人，就是他爸。烏鴉兒子對著扭動的雙親發出痛苦不解的叫聲。他父親大笑：**嘎哈，嘎哈，嘎哈**。你都活這麼久，是隻徹頭徹尾的烏鴉，卻還是開不起玩笑啊。

爸爸

柔。

微。

宛如光，宛如孩童撲了爽身粉、被親吻的腳，宛如翻毛麂皮，宛如針氈，宛如承諾，宛如詛咒，宛如種子，宛如被磨碎、編織、連接或編號的一切，宛如天生自然、暴戾與靜寂的一切。

一切都徹底消失。一切都難以忍耐了。

男孩

我那個兄弟和我在一個海岩間的潮水潭找到一條魚。我們動手想要殺掉牠。我們先是對著水潭丟小石子，但是那條魚動作很快。接著我們試著丟大一點的石頭和岩塊，但是這魚不是躲在小裂縫下面的角落裡，就是一溜煙游走。我們是人類的小孩，而魚就只是魚，所以我們想出計策來殺牠。我們在水潭裡堆滿石頭，攔住水，把這條孔雀魚困進越來越小的區域裡。沒過多久，牠就在這個小小的囚池裡緩緩兜圈子，非常哀傷，然後我們挑了一塊大小恰恰好的石頭。我兄弟手臂高舉過頭，把石頭砸進水裡，砰的一聲，水花四濺，我們就這樣一塊石頭接一塊石頭地砸，開心得不得了。那條魚當然是死了。所有的歡樂都被空蕩蕩

的寬闊海灘吸收得乾乾淨淨。我想吐，而他罵髒話。他建議我們把這條死魚丟進海裡，但我不敢摸牠，所以我們火速衝回海灘，爸還在看書，頭也沒抬的說：「我感覺得出來，你們做了壞事。」

爸爸

我們永遠不會再吵架，我們那愉快、敏捷、舉一反三的論辯。我們精心推敲，一來一回絕不冷場的吵嘴。

這屋子變成一部「不再有她」的立體百科全書，每一頁除了驚嚇，還是驚嚇，我們的家與飽受疾病折磨的家之間，最重要的區別就在這裡。生病的人在塵世的最後一天，不會在紅酒酒瓶上貼條子寫：「**喔喔，你沒舔我屁股！**」她沒忙著死去，家裡沒有醫療照護的痕跡，她就只是忙著生活，然後就死了。

她再也不會用（化妝品、薑黃粉、髮梳、辭典）。

她再也不會用完（派翠西亞・海史密斯[3]的小說、花生醬、護唇膏）。

而我再也不會買維洛加的經典文庫給她當生日禮物。

我再也不會找她的頭髮。

我再也不會聽她的呼吸聲。

男孩

我們在水潭裡找到一條魚，想辦法要殺掉牠，但是水潭太大，魚游得太快，所以我們攔住水，用石頭砸牠。後來，過了好久，我兄弟畫了那個水潭，那條魚，以及我們。用圖來說明我們的決定。他向來都用圖來解釋我們的決定，但那些圖一點都不科學，只是胡亂拼湊成的。他喜歡拼拼湊湊亂畫，儘管他明明可以畫得非常好。

烏鴉

低頭，小小孩，看啊。
低頭，跳一下，搖搖晃晃。
抬頭看吧，「**響亮，用力，帶點憤慨的嘎哈聲**」
（柯林斯鳥類指南第四十五頁）。
低頭，忍住，慢慢走。
低頭，拖地，單腳跳。
他可以從我這裡學到很多。
這是我之所以在這裡的原因。

爸爸

烏鴉身上不斷交替出現的矛盾特質很引人入勝：天生的本我與後天教養的自我，食腐動物與哲學家，無所不在的女神與惡名昭彰的惡棍，烏鴉與其鳥類的天性。我覺得自己也是在哀慟與生存之間不斷自我轉換。我可以從他身上學到很多。

男孩

爸走了。烏鴉在浴室，他經常待在那裡，因為他喜歡裡面的聲音效果。我們蹲在緊閉的門口聽。他講話講得很慢，很清楚。感覺很老派，像爸爸那張狄蘭．湯瑪斯[4]的黑膠唱片。他說**突然**。他說**創傷**。他說**誘發**……他咳嗽，吐痰，再來一遍，**誘發**。他說**突然的創傷誘發警覺狀態的交替出現**。

爸回來了。烏鴉的語氣變了。

烏鴉

請進請進，大大煩惱大大愁。哈囉哈囉哎呀呀，嘁喀嘁喀，誰是這發懶遲鈍不值一文的東西啊？我要張開翅膀老鷹抓小雞，逮住這一隻兩隻沒媽的孩子，在我的陷阱裡，在我的壁龕裡，關在不同地方，分開來煮。明明白白搞清楚，推滾翻面，哀傷爬上嘴唇，滾燙燒焦。大自然的貴族階級，哈哈嘎啦，哈哈嘎啦哈哈，最好不要。

（我講了一些莫名其妙的烏鴉亂語，這麼做都是為了他。我認為他覺得自己有點像巨石陣的蠻荒部族，聽鳥神開講。我是沒問題啦，只要能幫他熬過去就行了。）

啊，巨石！

PART TWO

捍衛窩巢

DEFENCE OF THE NEST

爸爸

要花十四個月的時間替括弧出版社完成《解析泰德．休斯[5]的〈烏鴉〉：狂放分析》。

出版我這本書的出版社在曼徹斯特，老闆是個邋遢的人。他不時寄給我鼓勵的短箋，說如果目前寫書對我來說太過難以負荷，他也可以理解。我們都認為，這本書應該反映這個主題。這會有些賣點。括弧出版社希望我的書可以吸引那些討厭不斷挖掘泰德和希薇亞陳年往事的人。這本書寫的不是他們的事，我們都同意。但我們也沒去討論這本書應該寫什麼好。

每回我一坐下來看筆記，烏鴉就出現在我的書房裡。有時無精打采的窩在地板上，用一隻翅膀撐著身體（看！我是烏鴉維納斯）。有時耐心十足的棲在我肩頭給我建議（你這樣說對巴斯金[6]公平嗎？）但他大半時間都很樂於坐在扶手椅裡看書，嘴理咿咿啊啊的。他翻著圖畫書，詩集，發出嘖嘖聲和嘆息。他沒時間看小說。他只挑歷史書，評論偉人們該死的聰明才智，不然就是迭聲咒罵教會。他喜歡讀傳記，找到那本講某個蘇格蘭女人撿到一隻白嘴鴉的書，他樂得不得了。

烏鴉

很久很久以前，有隻保姆鳥，我們姑且就叫他烏鴉吧。他唸太多俄國童話故事（懶惰的男生被燒死，巫婆尖聲怪叫，高尚的王子最終得勝）但仍然是一個獲得核可且合格的保姆，備受倫敦家長讚賞，在週五晚上特別搶手。他在報紙的分類廣告上寫著：

「寶寶住宅區，外地亦可。」

電視關掉了，烏鴉提議玩遊戲。

「你們兩個男生，」他說，「各做一個——在地板上——你們媽媽的模型。就做你們記憶裡的她！誰做得最好，誰就贏了。不是最像喔，是最好，最真實。獎品是這個……」烏鴉說，摸摸他們散發洗髮精香味的頭髮……「我會讓最好的那一個模型活起來，一個活生生的媽媽，可以幫你們蓋被子。」

所以兩個男生就動手了。

一個忙著畫畫，非常專注，像個只有半人高的壁畫家雙肘雙膝趴在鷹架上。三十七張Ａ４紙用膠帶貼在一起，各種顏色的蠟筆、鉛筆與畫筆，上排牙齒咬著下唇。瞇起眼睛上下端詳，鼻息沉重，撕掉，重新再來，拚命忙著，對那雙手很滿意，對那雙腿也很滿意。

另一個男生則用組合的方式，拿刀叉、緞帶、文具、玩具、鈕釦和書本做出一個女人來，拚命調整——忽而跳起來，忽而躺下——像個礦坑裡的技工。一面忙著拼湊媽媽的模型，嘴裡一面嘖嘖、噠噠，對臉很滿意，對高度很滿意。這時，「停！」烏鴉說。

「兩個都很特別啊，」他欣賞著他們的作品說，「你抓住她的微笑了，你抓住她的姿態了，她肩膀聳起的角度剛剛好！」

兩個男生迫不及待想知道誰贏了。「哪一個?!哪一個媽媽?!」但烏鴉開始跳來跳去，不肯面對他們的目光，忍住不笑，轉身走開。

「烏鴉，誰做的假媽媽可以變成真的？」

烏鴉沉默不語，不再笑了。

「烏鴉，別鬧了，給我們真正的媽媽吧。」

而烏鴉開始哭。

男孩把烏鴉丟進非常非常熱的爐子裡煮，煮到他什麼都不剩，只剩下細胞。

這是烏鴉的惡夢。

男孩

什麼事？她說，在她還沒死之前。
我們不想洗澡，我們屁屁是乾淨的！
我們昨天晚上都洗過了。
好吧，她說。上床去等著聽故事。

什麼事？她說，在她還沒死之前。
我們不想洗澡，我們屁屁是乾淨的！
我們昨天晚上都洗過了。
這個嘛，她說，不洗澡，沒故事。
你們決定吧。

爸爸

我們會給這屋子塞滿玩具、書和哭喊，就像有一群玩遊戲的小小孩剛離開似的。

我不肯因為失去妻子，而得到家務，所以我接受協助。我哥很不可思議，給我吃的，讓我大叫，他應付男孩，應付銀行，應付郵局，應付學校，應付醫生和我們的家人。她爸媽人很好，提供協助，提供錢，提供他們的人馬，給我空間，給我時間，為我帶來她的感覺，讓我道歉，讓我在純粹的忿怒之外找到一條路來。她的朋友，我們的家人，帶來消息和細節，她的東西，為她增光，把事情搞定，整理出專為我們量身打造的生活日常，絲毫不見陳腐老套。

男孩

不久之後，我們奶奶快死了。

他們說我們可以上去，所以我們上去。地毯踩起來軟軟的，很深，我們都光腳丫。她有一個裝輪子的氧氣筒。我們一人一邊站在她床旁邊，各拉著她的一隻手。我拉住的那隻手皺皺、軟軟，而且暖得不可思議。她說如果我們已經準備好，她有話要對我們說。我們說我們準備好了。從出生就準備好了，奶奶，我那個兄弟說，我覺得這樣講很不恰當，但她說：「沒錯，從出生就準備好了，親愛的。」

她告訴我們，男人很少真的好心，但還好他們常常搞笑。

「你們要為失望做好準備，」她說，「在和男人往來的時候。而女人通常來說都比較堅強，也比較聰明。」她說，「但是比較沒那麼好玩，真是太可惜了。如果你們可以，就生小孩吧，」她說，「因為你們一定很會帶小孩。你們自己動手不要客氣，這屋子裡的東西儘管拿。我很想把我所有的東西都給你們，因為你們是我最寶貝、最漂亮的男生。你們讓我想起我有興趣的一切。」她說。

「你們討厭看見我咻咻喘氣嗎？」

不討厭，我們說，沒關係的。

「廚房抽屜裡的香菸儘管拿去，」她說，「然後有一天你們也會像我這樣咻咻喘氣。我墳上的小雛菊會吐煙圈，咻咻喘氣，你們要記住我說的話。」

我們一直待到她睡著。有個高高的、身穿白色緊身制服的女人換掉她的被子。

爸爸

路邊有隻死掉的小狐狸，睜著眼睛，渾身僵硬地躺在草叢裡，看起來不像被車撞死，比較像是死產。

我可以踩自行車把牠送到赫普頓斯鐸去，也可以把牠解凍帶到廚房，擺在那裡讓我兒子看。

我整個人無法自拔。

我還記得那天晚上我回家，告訴她說我完成新書提案，她說：「天佑吾人！」我們喝義大利汽泡酒，她說我可以提早拿到我的生日禮物。是一隻塑膠烏鴉。我們做愛，我親吻她的肩胛骨，提起我爸媽編來騙我的故事，說小孩身上長著翅膀，她說：「我的身體才不像鳥呢。」

我們那時正處在中間地帶，距離終點還遠得很，不會把任何事情當成理所當然。

我好希望再回到彼時。一次，再一次。我希望她擁抱我，我希望擁抱她。是那隻塑膠烏鴉。

我們做愛，翅膀的故事。我的身體才不像鳥呢。

再一次。

翅膀。

愛。

像鳥一樣。

再一次。我懇求所有的事情都重新再來一次。

我們常玩一種叫「音爆」的遊戲。我們像子彈穿過人群那樣全速穿過松林往前飛，飛到就快要撞到樹的時候才突然大轉彎。我們全速飛過松林，然後突然翻身往旁邊一轉，距離樹木僅僅不到一公分，擦身而過時我們就大喊：「音爆！」有一天我挑釁嘲笑我那個兄弟，看他敢不敢擦過樹木，就像子彈擦過匆忙奔逃的肩膀一樣。我先起身，拚命往前朝著一棵樹飛去，在最後一刻才轉彎：「音爆！」翅膀打到樹幹，砰，我滾落森林裡（像子彈擦過奔逃的肩膀彈落開來）。我兄弟飛得太低，太快，沒轉彎，砰，一根尖尖的樹枝插進他的脖子裡，他就掛在那裡嘎嘎叫著：「音……音……音……」這只是部分的事實。

爸爸

他們假裝自己是鳥，假裝自己是獅子。他們的遊戲是按部就班有階段的：恐龍，卡車，霹靂貓，功夫，說謊，運動。

他們的想像和真實世界之間的分野非常之小，大家都在說什麼適應機制、正常的童年與時間。許多人說：「你們需要時間。」而我們需要的是洗衣粉、天然洗髮精、足球貼紙、電池、弓、箭、弓、箭。

我的想像與真實世界之間的分野非常之小，大家都在說什麼合理的工作量、恢復期與健康的執念。許多人說：「你需要時間。」而我需要的是莎士比亞、伊本阿拉比[7]、蕭士塔高維奇和咆哮之狼[8]。

我記得他們沒喝完茶，我收起吃了一半的魚柳、冷豆子和凝固的蕃茄醬。

我記得我說：「我要把所有的玩具都丟進垃圾桶！」他們咯咯笑。

我記得我一直很擔心事情會出差錯，一定會，因為我們——她和我——在剛開始的那段日子裡這麼快樂，但我們的愛已經裝進了生活的框框裡，就像蛋糕粉裝進錫箔盒裡，在烤箱裡不斷膨脹，不斷膨脹，最終也將抵住盒子的邊緣，到了盡頭。

我還記得我的第一次約會，十五歲，和一個名叫希拉莉・吉汀的女生。有個銅板掉到電影座椅後面，我們兩個都把手伸進絨毛座椅的小縫裡，穿過爆米花碎粒和黏糊糊的票根，我們在地毯上來回摸索銅板，手碰手，宛如觸電一般。被椅子夾住的手腕，那漆黑，那意外，那公共區域裡令人開心的塵污。

男孩

爸爸和烏鴉在客廳吵架。門關著。傳來低沉單調的喀啦嘶喀，喀，喀啦嘶喀。爸說，閉嘴，閉嘴，嘎，喀，蹦跳，衝撞，吐口水，罵髒話，匡噹匡噹，大吼小叫，哭哭啼啼，爸爸嘶啞的聲音和狂暴的鳥叫聲交雜成古怪的樂器聲，像印尼木琴，砰砰，慘叫，痛苦撕扯。

烏鴉現身，渾身羽毛豎起，眼睛睜得大大的。他輕輕把門在背後關上，和我們一起待在廚房餐桌旁。

我們用彩色筆給動物園圖片著色，烏鴉檢查我們畫的線。

我記得他們叫她用力推的時候，那個牙買加產科護士說：「用力啊，小妞，用力啊，小妞。」她說：「我不想大便。」我笑著說：「來不及了。」這是我們的第一個兒子，渾身一層味道怪異的乳脂，餓，而且好小。

我記得他們叫她用力時，那個蘇格蘭產科護士說：「天哪，頭出來了！」她說：「好痛，媽的，好痛，他媽的痛死了！」我們都哭了，這是第二個兒子，紫色的，嚎啕大哭，蜷起身體。

她是拉孔奧[9]夫人，雙臂抱胸站在海灘上，說：「看這兩個該死的男孩。」我們距海十五呎，被哀傷吞噬。

男孩

有時候我們說實話。我們這樣做是為了爸爸好。

爸爸

導　論：烏鴉的惡夢我想念妻子
第一章：魔幻的危險　我想念妻子
第二章：沉默支配一切　我想念妻子
第三章：殺死不了的魔術師　我想念妻子
第四章：春藥災厄　我想念妻子
第五章：悲慘喜劇　我想念妻子
第六章：嬰兒（上帝）在湖中　我想念妻子
第七章：歌　我想念妻子
結　論：回復與成長　我想念妻子

烏鴉

很久很久以前，有兩個男人，是一對兄弟。他們很要好。

哥哥的靴子鞋底補了又補，卻還是破了洞。走出位在風車丘的村子才半哩，他的襪子就濕了，踩起來吱吱響，他提到要回家換雙好一點的靴子，但弟弟繼續往前走。

「家裡僅有的另一雙靴子是我的舊靴子，你穿太小了。」

「沒錯。」

「我多的那雙靴子，比你僅有的這雙好。」

他們翻越薄薄的白堊堤牆，跋涉上坡，宛如泳者在碎浪中猛力前進。到

了山頂，他們往下看，看見村子穩穩站在谷地捧起的掌心裡。

「你和這雙該死的靴子有得奮鬥了，哥哥。等一下我們可能要走在尖銳的石片上，或者需要爬下有刺的枝幹。」

「我想等一下可能會。」

「所以我才說你有得奮鬥了。」

弟弟咳一聲，對著風車門吐了一口赭紅色的痰，咒罵那個主人。哥哥大笑起來。

他們快步往下走，穿過風車丘另一頭被截去樹梢的樹林，頭頂上是一整片亮晃晃的拼貼畫，而腳下深色的地面則到處是一個個斑駁的光影。

一隻紅色的鹿從冬青叢裡衝出來，哥哥輕聲說：「哈囉，朋友。」

弟弟用手做成槍的樣子，尖著嗓子嘶喊：「喀砰！」嚇得一隻雉雞尖叫一聲，飛衝進上方的螢光綠裡。

閱讀測驗：

- 你認為文章裡的這對兄弟很務實嗎？
- 故事裡的鄉村場景改變了你對主角的感受嗎？
- 如果靴子暗喻適應哀慟的能力，你覺得過世的人是誰？
- 請寫出這個故事的下一段，請著重於人與大自然、靴子、兄弟、俄國革命的對抗。

男孩

她是被揍死的，我有一回在派對上告訴其他男生。

噢，可惡的傢伙，他們說。

對於你的死，我捏造了謊言，我輕聲對媽說。

我也會這麼做的，她輕聲回答我。

爸爸

我記得她假裝喜歡看頒獎典禮，雖然她實際上並沒那麼喜歡。我之所以記得，是因為我很意外。可是我讓她知道某某頒獎典禮就要開始，說我們應該坐下來看的時候，她說，我們上床睡覺吧，我們又不是真的知道那些人是誰。

是得獎人啊，我說。個個都是醜陋可惡一臉蠢相，全部都是。

所以我們關掉電視，上床去。

有些日子我發現自己一直忘了最基本的東西，所以跑上樓或下樓，去找他們，說：「你們一定要知道，你們媽媽是最有趣，最優秀的人。她是我最好的朋友。她很會挖苦人，很討人喜歡……」然後我沒力氣了，覺得腦筋遲鈍，渾身無力，他們點點頭說：「我們知道，爸，我們記得。」

「她會說我太多愁善感。」

「你是多愁善感。」

他們在沙發上讓出一塊空間，讓我和他們坐在一起。他們的痛楚如此自然溫和，宛如闌尾炎。我必須彎下腰，撐住自己，因為他們太體貼了，儘管沒有得到我的任何投入，他們的體貼善意還是源源不斷產生，不斷重新充電。

烏鴉

在我們進一步仔細討論之前，試著把這三個放在一起想想看。A之於B等於C之於A加B減C。太帥了。再看一遍，就這樣，很快看一眼。從左到右？很好。從右到左。很好。一二三，再全部看一遍好嗎？好，現在一次全部記起來。再來一遍，一二三？然後……記住。好，我們繼續：

左邊的是爸爸。這個意象在接下來的問題上具有功能性的作用，我喜歡稱之為馬桶上的喬治·戴爾[10]，左翼，起重機，教育熱點，空教堂，刑求步驟，疼痛測試，肌肉男。

中間的，就是在下我。一身黑羽毛，散發死亡的臭味。嗒噠！這是腐爛的核心，是格呂內華德[11]，雙手釘上釘子，臂上戳著針，創傷，炸彈，讓我們之後再也無法寫詩的事情，甩上的門，太初有道。非常他媽的爛東西。非常該死的遊戲。非常大學歷史的鬼話。

但還是要繼續看。這三連圖是永不停止的運作。是文化。右邊是男孩。兩個人，但同一個形狀，可以是女的，也可以是男的，我們可以看出四條小小的腿，四條小小的手臂（右邊這圖像的新生小牛犢！）以及滿懷希望的小臉蛋。而感官意識是由前面兩幅圖像突然組成的，這是純粹的機械式運作，是古老的邏輯。這就是大自然。這是我所謂的凌空，晚期風格，十年的返鄉之旅，穿過窺孔的箭，神遊。非常落日餘暉。非常吟遊詩人。非常刻骨銘心。

男孩

我們常常為了把牙膏噴得滿鏡子到處都是，惹媽媽生氣。

有好幾年的時間，我們噴，吐，拚命刷，把鏡子搞得到處白白的，一團糟，我們雖然有點罪惡感，卻很樂在其中。

有一天爸爸把鏡子弄乾淨，我們都同意，這樣看起來好極了。

我們還做了其他的錯事。我們尿到馬桶座上。我們從不關上抽屜。我們做這些事情是為了懷念她，為了繼續需要她。

爸爸

油，如果你仔細看泥土，仔細看沙，小啜一口，泥沙馬上變成絲。

我好想念她，我好想用我的雙手為她蓋一座一百呎高的紀念碑。我想看見她坐在海德公園的大石椅裡，欣賞風景。每個經過的人都會知道我有多想她。我的思念有多麼具體。我好想念她，一個具大的黃金王子，一幢音樂廳，一千棵樹，一座湖，九千輛巴士，一百輛汽車，兩千萬隻鳥，還有更多更多。整座城市都是我對她的思念。

呃，烏鴉說，你簡直像個冰箱磁鐵。

男孩

在長長的草叢裡，我找到一條被踩平的路，也許是我兄弟踩的，所以我低聲說：「嘿，是你嗎？」三呎之外經過的大人看見我們，但我們在大教堂裡，無窮無盡，廣大無垠。

烏鴉咯咯笑，「我在這裡，你看不見我，因為我是綠色的！」

我對我最好的朋友說，如果為了參加期末足球派對多留下來一天，她會生我的氣，因為這樣一來我們就會碰上假期的車潮。我朋友說，你不能再什麼事情都想到她。這是哀慟，是不切實際的迷戀。

我以前也是這樣不切實際的迷戀著她，我說。你和別人交往嗎？他問。

我們得把事情攤開來說？

我有，我說。

還不錯吧？

非常不錯。

我差點笑出來，一想到烏鴉坐在書房裡，烏鴉挑出一張發票，由家庭醫生推薦或由國民健康局提供的烏鴉。烏鴉仔細思索威尼柯特[12]理論，搖搖頭，但勉強喜歡克萊恩。

是的，我對我最好的朋友說。你不必擔心，我得到協助了。

男孩

差不多就在媽死的那個時間，颳了颱風，很多樹倒了。奶奶家附近的山毛櫸林裡，有很多半倒的樹，斜斜靠在還站著的樹上。

我一直爬，一直爬，爬到倒下的樹木再也撐不住我的體重，我整個人摔下來。有時候掉在花草植物交錯而成的軟墊裡，有時候掉進尖銳樹枝構成的巢穴裡。我那個兄弟會大叫：**死肉！**

我不記得這個遊戲是我兄弟的點子，還是烏鴉的主意。

黃昏時，爸爸到林子裡來找我們，說：「你流血了，真該死，你全身都是血。」寒冷讓我渾身麻痺，擦傷的傷口刺痛，爸爸叫我兄弟認真反省他的所作所為。

烏鴉

這個是真的：

很久很久以前，有個靠吃哀慟維生的魔鬼。掩不住的驚嚇和突如其來的失親，有著可口的芳香，從寡婦鰥夫哀傷的房子門窗裡飄散出來。

因此魔鬼就找得到他的路。

有天傍晚，寶寶剛洗完澡，丈夫正在唸故事給他們聽的時候，有人敲門了。

叩叩，叩叩，「開門，開門，我是住五十六號的……呃……凱絲，凱絲．寇雷瑞吉。我要借點牛奶。」

但是這個理路清晰的丈夫知道這條靜寂的小街沒有五十六號，所以他沒開門。

隔天晚上，魔鬼又來嘗試。

叩叩，叩叩，「開門，開門，我是括弧出版社的保羅，保羅……葛拉夫斯。我聽到消息。我真的很難過，花了好久的時間才平復。我帶了披薩，還有給男孩的一些玩具。」

但是這位謹慎的父親知道括弧出版社有個彼特，括弧出版社有個菲爾，但是括弧出版社沒有保羅，所以他沒開門。

再隔天晚上，魔鬼衝到門口，藍燈閃爍，劈哩啪啦。

叩叩，**砰砰**，**砰砰**，「快開門！我們是警察！我們知道你在裡面，這是緊急事故，快開門，你們有五秒鐘的時間，否則我們就要衝進去了。」

但是這個天底下最哀慟的男人略懂法律，察覺到他說的是謊話。

魔鬼走開，尋思著接下來該怎麼做。他像八卦小報那麼卑劣，所以想出了很有效的一招。

叩叩，敲，敲。敲。「孩子們？是我。我是媽咪。親愛的？你們在嗎？孩子，開門，是我啊。我回來了。親愛的？孩子？讓我進去。」

寶寶掀開背子，小腳跨過床沿，跑下樓梯。他們困惑的小心臟裡裝滿渴望，渴望到痛了起來。他們回到以前，以前，遠在這一切還沒發生的以前。他們的父親聽見心愛的人的聲音，整個人醉了，跟在孩子後面跑。她的嗓音讓人心痛，宛如月亮牽引的饑渴，湧進每一個杳無希望的空洞眼神裡，撫平一切，輕輕巧巧地撫平一切。

「我們來了，媽咪！」

他們的朋友兼住客，也就是烏鴉，擋在門口攔下他們。

我的愛，他說。

我親愛、遺憾的愛。這不是她。快回床上去，讓我來應付。這不是她。

男孩撐起他們這活像皺紋紙皺成一團的爸爸，一人一邊扛住他的腋下，撐著他無力的身體往前走，讓他躺下來睡覺。然後他們坐在窗前往下看，看看是怎麼回事，他們很開心，因為小男孩畢竟是小男孩啊。

烏鴉走出去，面帶微笑，嗅嗅空氣，點頭道晚安，用腳把門往後一踢，在他背後關上。接著烏鴉就讓魔鬼好好看一看，巢裡有小鳥的時候，烏鴉是怎麼對付入侵者的：

很大聲的「匡啷」一聲，一跳，地板一敲，心不在焉地舞動幾下，又「蹦」一聲，旋轉躍起，像掄起鐵餅，但沒丟出去，反而往下微微穩住，然後猛然用力出擊。烏嘴像鎚子似的使勁鑽進魔鬼的頭顱，鑽出一個洞，腦漿噴出來，他繼續往裡鑽，穿過骨頭、大腦、體液與薄膜，直抵脊椎，脊椎骨折斷，脊椎骨碎裂，脊椎骨一口一口細咬，吐出，然後一二三四，動作快得像水虎魚那樣齧咬，掐斷，把魔鬼的全身組織給拆解開來，噴出鮮血、脊椎液、屎、尿，搗爛內臟，揮舞著韌帶和神經，簡直像開心揮舞著義大利麵條和毛線，捶著，掐著，撕著，咬著，吃著，喝著，打個飽嗝，真的非常享受這傷害、傷害再傷害的過程，對烏鴉來說，這就像個可愛的垃圾箱，裝滿碎紙、冰淇淋、咖哩香腸、知更鳥寶寶，以及其他一切噁心的東西，讓人非常振奮，宛如吹過荒原的西風，宛如風中輕輕款擺的榆樹，宛如根植於種族天性裡的古老家族喜悅。烏鴉心神盪漾地站在一灘髒污裡，耐心十足地把魔鬼的殘骸掃進排水孔裡。

他的工作完成了，烏鴉昂首闊步，在街上跳來跳去發布警告，穿睡衣的男孩在臥室窗前鼓掌叫好——在玻璃後面默默喝采。烏鴉對廣闊的城市發出警告，出口成章的警告，多種語言的警告，尖銳帶刺的警告，幽默風趣的警告，手舞足蹈、外加超低音威脅，巫毒、雙關語和古老醜惡到驚人地步的警告。

烏鴉對捍衛鳥巢的成果很滿意，悠哉悠哉走進來找東西吃。

爸爸

真是不好笑的玩笑，惡夢，拙劣的詩，這麼不同，這個ㄎ

ㄎ

ㄎ

ㄎ

ㄎ

可，克，苦，酷

哭　　ㄨ　　ㄎ　　ㄎ　　ㄎ

男孩

他很年輕，人很好，有時候也很搞笑。他很安靜，然後又很活潑，然後又很討厭、很陌生，然後變得很癡迷，看見各種意象，一直寫，一直寫，一直寫。

過來看看這個啊，烏鴉說。你們爸爸好像死了！

我們偷偷溜進去，房間裡有死老鼠的味道，被子上有菸灰，地板上有瓶子。爸爸張開四肢像壞掉的玩具，嘴巴鬆弛地張開，整個人攤得平平的，像垮掉的約克夏布丁。

爸你死了嗎？

爸，你死了嗎？

回答的是長長的一聲屁，爸用力一踢。

他當然沒死，你這個笨蛋，我兄弟說。

我又沒說他死了，我說。

呀呼，烏鴉說。

我沒死，爸爸說。

爸爸

親愛的烏鴉，

今天我畫了一張讓我覺得很驕傲的圖。畫的是你，坐在椅子上，手上一個泰德的手偶。泰德在你對面，坐在椅子裡，手上是一個你的手偶。超級無敵像！

泰德的烏鴉手偶有個對白框。烏鴉玩偶說：「**泰德，你身上有肉鋪的味道！**」

我想你一定會很愛。

男孩

爸爸說故事給我們聽，故事變得不一樣，因為爸爸變得不一樣了。

我記得一個捕鼠人的故事。捕鼠人把死老鼠尾巴釘在他的床頭板上，一隻，兩隻，三隻，四隻，五隻。捕鼠人殺了鼠王，大家都知道鼠王是殺不死的，除非你煮了牠的心臟。捕鼠人睡著之後，鼠王的尾巴從床頭板上鬆脫下來，用他死去同伴的尾巴編成一個繩套，套在捕鼠人的脖子上勒死他。捕鼠人，老鼠，爸爸說，你們怎麼解釋？

爸爸說故事給我們聽，故事變得不一樣，因為爸爸變得不一樣了。

我記得一個日本作家的故事。那人跌到他自己的劍上，因為劍很利，所以戳進身體，流出血，從背後伸出來。

我記得一個愛爾蘭戰士的故事。他誤殺了自己的兒子，但卻發現自己不以為意，因為他覺得這樣做對兒子很好。

爸爸

廚房流理台上有塊地方，是男生們吃早餐穀片的時候，我靠著的地方。這裡再過去一點，就是我妻子常常靠著的位置。

非常沉重。說不上來還會繼續多久。但我們很擔心陷在城裡的人。

男生們在聽新聞。他們必須知道。我告訴他們很多關於戰爭的事。

這世上的失落和痛苦難以想像，但我希望他們能試著去想。

烏鴉

請容我在以聲音記錄的文學回憶錄裡再添加一些註記：

我喜歡在下午接近黃昏時分，獨自在他們家裡，等待他們放學回來。我知道可能會有人怪我表現出為人母的症狀，給他們永遠也無法實現的幻想。但我是烏鴉，我們可以在暗地裡做很多事情，包括假裝母親。我東啄西啄，看看這個，看看那個。拎起落單的襪子或拼圖圖片。我常拉些屎在我知道他從來不清理的地方。

我首先聽到的聲音是互相唱和的哼哼唱唱與東拉西扯，高低起伏，興高采烈。男孩。他們撞上大門的時候或許會有砰一聲，然後是上氣不接下氣地等著爸爸趕上他們。他會打開門，喀答一聲，然後公寓裡就熱鬧起來了。**脫鞋，放下書包，拜託，別丟在那裡，我說別這樣**，擺在那邊，快點，乒乒乓乓跑上樓！

這兩個疲累的小人兒懶洋洋地大搖大擺，翻滾碰撞衝，然後才開始找東西吃或找事情玩，而我總是帶著很不符合我天性的樂觀與欣喜的心情，看著他倆不自覺地低頭垂肩回到自己的窩。糖！晚上他給他們吃糖，再不然他們就爬到櫥櫃上，像烏鴉那樣偷他們父親的存糧。你有沒有看過人類小孩吃掉一大堆糖果之後的模樣？一定要看看才行。吃糖會讓他們情緒高昂，精神錯亂，歇斯底里，維持大約一個鐘頭，然後整個人突然像洩了氣般消沉下來。

這實在很詭異，簡直像喝醉酒的狐狸崽子。

男孩

我們收集郵差丟下的橡皮圈。我們以為可以用來做成一個大大的球。我們放棄了。

我們蓋基地，營地，巢穴，棚屋，城寨，堡壘，城堡，碉堡，隧道，窩。

我們觀察倫敦，而倫敦給我們可能的媽媽：身穿牛仔褲、條紋T恤，臉上戴著雷朋太陽眼鏡。所以我們尋找她們的身影，喜歡這種惡劣遲鈍的自我傷害。保姆的話讓我們覺得很厭煩：「你們怎麼可以這樣笑呢？這是很傷心的事。」

我們站在沙發椅背上保持平衡，然後像俯衝轟炸那樣跳下地毯。爸爸大吼，你們以為這樣不會傷膝蓋，可是會，等你們到了我這個年紀，你們的膝蓋就會有大麻煩，知道嗎。我才不會像可憐的乞丐那樣推著你們。別以為我是騙你們的，你們應該看看我祖母的膝蓋，全毀了，像在戰場上被轟炸過，她連跪都跪不下來，因為從小就不保護她的關節，芭蕾，主要是，但跳沙發也是，傷了她的膝蓋，當時還沒有雷射手術，要是你們不信就等著瞧吧。

我們不肯聽，繼續跳。

在雷射手術出現之後，但在青春期來臨之前，在害羞情緒出現之前，在中學之前，在金錢、時間或性別齟齬之前。

在語言成為陷阱之前，在語言還是迷宮之時。在爸爸的人生逼近四十大關之前。說真的，仔細想想，這還真是失去媽媽最好的時機。

「我免費告訴你這件事吧。」烏鴉說。

「嗯，」（我努力想要工作，我想要別再那麼喜歡聽烏鴉的見解，因為我在讀一本關於精神幻覺的書。）

「如果你妻子是鬼魂，她一定不會在這屋子裡的櫥櫃和牆角哀號，不會到處遊蕩，為自己失去母親的身分，看著兒子過著沒有母親的痛苦生活而哀嘆。」

「不會？」

「不會，相信我，我對鬼魂還頗有了解。」

「繼續。」

「她會回到與你相識之前的日子。回到她童年的黃金歲月。鬼魂不會徘徊，只會回溯。就像你想睡覺的時候會想到樹或草地，會從童年時期感受到的安全滿足裡，擷取唾手可得的景象來讓自己立即得以棲身。而這也正是鬼魂會去的地方。」

我看著烏鴉。今晚他是波呂斐摩斯[13]，只有一隻眼睛，一顆獨特晶亮的八號球。

「繼續說，告訴我吧。」

「當真？」

「請說吧。」

「我不是玩猴戲。」

「告訴我。」

「這比較像是一種氣味，或是多種感官連結而成的回憶，但像這樣的東西……」

他坐得挺直不動，脖子不再往前凸，鳥嘴也不再到處啄。打從他到來之後，這是他第一次沒擺出隨時準備動用暴力的姿勢。

他坐得挺直不動，眼前的他看起來像個沒有填充棉花的填充動物。一動也不動。

「沒錯……咿咿咿，對了，等等，鼓聲咚咚咚，恐龍手錶，媽媽監視著，婚禮拖延著，哎，別管了，我們還是繼續……

孩子們的遊戲聚會，紅十字會大樓，拼花地板，膠底布鞋，布朗尼蛋糕，天使餅乾。

無花果卷。跳舞挑戰。無花果卷，新手拼布入門，隱形墨水。

追逐遊戲，我指的是伸手一拍人，抓住，你知道的。跳繩。她爸爸的一雙大手。

岩礁水潭（約克郡？）捉螃蟹，網子，沙丁魚，躲藏，等待。

數數兒（算盤？珠子？）

彈跳床／茴香糖／彩蛋。

削鉛筆機？遠方的魔法樹？羅伯特什麼的……玫瑰馬羅伯特[14]？」

我們默默坐著，我發現我咧嘴笑。我搞清楚了其中的一些脈絡。我相信他。我滿心喜悅地相信他，這感覺好熟悉啊。

「謝謝你，烏鴉。」

「我份內的事。」

「說真的，謝謝你，烏鴉。」

「不客氣。可是請記得，我是你那位泰德詩裡的傳奇，冰冷得像死人的烏鴉，請記得。吃掉上帝，舔食垃圾，謀殺文字，褻瀆屍體痛恨數學的王八蛋，就是這樣。」

「他從沒罵你是王八蛋。」

「算我運氣好。」

男孩

很久很久以前，有兩個男生，他們刻意記錯他們爸爸的事情。這樣可以讓他們忘記媽媽的事，覺得好過一些。

在他們的小家庭裡，有很多等式和交換。其中一個男生夢見他殺死自己的媽媽。他查看了一下，發現不是真的，於是他把他爸爸家傳的珍貴銀湯匙丟進垃圾桶。湯匙不見了。他覺得好些了。

其中一個男生弄丟了一張擺在午餐盒裡的珍貴字條，那是他媽媽寫的：「祝你好運。」他關在自己房間裡哭，然後拿起玩具小汽車砸向他爸爸裱框的柯川[15]海報。框破了。他覺得好些了。爸爸盡責的把玻璃碎片掃乾淨，很能理解。

他們的小家庭裡，有很多的懲罰和意想得到的事。

爸爸

兩個男生打架。

男孩

寒意凍醒了男孩，於是他叫醒另一個說，**爸爸走了**。另一個也覺得是這樣。他們的媽媽走了——她可能是躺在雪地裡睡著死掉的，再不然就是被狼拖走——所以小屋子裡的爸爸或媽媽離開之後會有什麼味道或聲音，他們略知一二。他們說得沒錯，他們爸爸走了。

或許，其中一個男生說，他會再回來，另一個男生搔搔頭髮，眼睛帶笑，因為不會，他不會回來了。離開了的爸爸永遠都是離開了的爸爸。

所以他們唱著整理打掃的歌，到處走來走去，把東西丟開，穿上所有的衣服，讓自己看起來比本來還胖得多，然後出門。

他們走了三天，只有滾下山坡的時候才睡覺，所以他們一刻也不停。他們失去童稚的身材，長出鬍子，身體從衣服裡蹦出來，所以到了第四天太陽出來的時候，他們已經是兩個渾身赤裸的大男人了。

看看你，其中一個男生對另一個說。看看我們的防水靴，另一個對他的兄弟說。

他們撞見一間小屋，敲敲門。那個漂亮得驚人的女人一打開門，他們就知道他們還沒準備好，只可能把她當成媽媽，所以他們匆匆回家，咻咻咻，爬上山坡，越過結冰的林地，回到家裡，跑上樓梯，鑽進床裡——眼睛閉得緊緊的——等他們醒來，爸爸正在做早餐。

爸爸

我們去看飛鳥獵食表演。在一片野地上。很鄉下的地方，只有六個老好人，還有一個帶著無線電麥克風，活力充沛的胖導覽：「來了，她來了，這場秀的明星登場了。」

第一隻飛出來的是禿鷹，非常驚人，巨大無比，雙翅張開來有六呎寬。喔，耶，我們說。喔，耶。男孩們一動也不動地愣住了。

「我們來看看，她到底要不要展開行動呢，**她來了**，飛啊，飛啊，往上飛，**小妞快飛，這才是我的乖女孩！**」

她凌雲而上。她高高**飛起**。我們高高飛起。

男孩們抓著塑膠座椅，這猛禽表現出來的優異獵食技巧漸漸失色，令我感到興奮的是這隻禿鷹本身。這隻禿鷹宏偉的體魄。

「噢，現在這是什麼，誰啊這是？噢，老天爺啊，老天爺啊，你這該死的小渾蛋，請原諒我講粗話，老鄉。這是生長在這片野地裡的小嘴鴉，在春天裡保護自己生的蛋，你們也看到我們這隻該死的老鷹飛來，**看看這場面啊！**各位女士，各位先生，這隻勇敢的小渾蛋。這隻烏鴉，**衝向老鷹！**」

我轉開頭，兩個男孩也在同一瞬間手拉手。

「各位女士，各位先生，我呈獻在各位面前的是該死的大自然奇蹟。這兩隻鳥就這樣對彼此點點頭，表達無上的敬意。你也許比我重上幾十公斤，體型比我大上四十倍，但是你如果敢靠近我的蛋，我就讓你瞧瞧什麼叫厲害！」

我們跳起來大叫，三個人同時。站起來熱烈鼓掌。

「**加油，烏鴉！**」我們大聲吶喊。

「有何不可呢，」我們這位滿面紅光的愛鳥人士，這個玩世不恭的傢伙，我們的嚮導，說：「加油啊，烏鴉，加油，加油，烏鴉！」

加油，烏鴉。加油，烏鴉。

這很可能是自從她死後，我過得最愉快的一天。

男孩

很久很久以前，有個國王，他有兩個兒子。王后從閣樓門摔下來，摔破了頭。因為王國裡的僕人都忙著為國王擦亮雕像，所以她就這樣流血流到死。國王整天忙著解除魔咒和防範小型戰爭。所以兩個小王子就打架。

他們互摑耳光。推擠幾下，打上幾拳。矮胖的二王子（名叫懶鬼伊凡，也叫罪惡野獸、貪婪惡狼）會把椅子推開，害哥哥跌到冰冷的大理石地板上。跌倒，踢小腿，哈癢。

後來，隨著他們對媽媽的思念增加或減少，兩人的爭鬥也跟著變好或變壞。比較英俊的那個大王子（名叫稍稍王子，也叫閒鷹，或餓鹿）會用腳壓住弟弟肉乎乎的腋窩，用膝蓋在他的肉上滾啊搓的。他們在王殿裡，各躺在長椅一端，不停踢踢踢踢，踢到哭哭啼啼的弟弟喊著饒命，更用力踢。

然後他們互相咬來咬去。他們想淹死對方。他們想燒掉對方的頭髮。他們把對方綁起來，他們互較腕力，他們壓制對方，他們互吐口水。

然後他們找到一本毒物書，輪流害對方生病。他們把對方吊起來，他們剝對方的皮，把對方釘在十字架上，最後用生鏽的釘子戳進對方頭顱裡。

有一天，國王在迷陣也似的王宮裡閒晃，碰見他這兩個渾身是血的兒子手持十字弓。兩個王子怒火攻心，只想殺死對方。

「我的孩子啊，可愛的淘氣孩子，為什麼這樣玩呢？」國王問。

「因為我們太想念媽媽了。」兩個男孩異口同聲說。

國王哈哈大笑，拍拍自己像豬一樣鼓鼓的肚子。

「我親愛的小魔鬼啊，對於怎麼當國王，你們還有好多要學的哪。王后不是你們的媽媽，就像她不是我媽媽一樣。天曉得你們是從哪個蕩婦肚子裡生出來的。但絕對不是我稱之為王后的這位朋友中的朋友。」

於是兩個男生大大鬆了一口氣，握握手，繼續成為成功的國王，統治富裕龐大的王國。

烏鴉

呱嘎咯嘎，跳來跳去，聞聞嗅嗅，翻翻揀揀，在垃圾箱裡，哼哼唱唱。

我有一次失去妻子。而烏鴉一輩子頂多就失去一次妻子。噢，試試看。

試著回想一些事情。

他認命地從汀塔傑－卡萊爾飛越摩康比－歐佛德，顛顛簸簸，想用不能吃的莓果和漂亮的教堂毒死自己，還好英格蘭的垃圾救了他。他飛越一畦畦鄉間牧地，沒有時間哀悼，焦黑的骨頭、羽毛和其他烏鴉如雨落下，掉落在電纜上飛彈四散，是一場死鴉的暴風雨，山岩頂端宛如沐浴在燒焦的鳥屍裡。但我們的烏鴉挑挑揀揀，小口舔食汽水罐、鹽化的保險套和照片，第一波風暴從他頭頂掠過，就像書面歷史飛過勞工頭頂一樣。西洋李、梨子、山楂果、瘀傷。凝塊，痰，腫塊，榲桲。

他看著一灘油，看見自己的喙顏色鮮豔，一條條紅色、綠色、紫色和橘色。活像隻該死的海鸚。

他張嘴尖叫，流瀉出優美的英國旋律，庭園之歌，像是隻黑鳥或是艾佛・吵死人・葛尼[15]。

這是烏鴉的另一個惡夢。

男孩

很久很久以前，我們爸爸搭巴士到牛津去聽他的英雄泰德．休斯演講。那時泰德．休斯整個人死氣沉沉，快要死了，而爸爸才剛從學校畢業。他以前沒到過牛津，看見那裡有普通的商店，例如麥當勞之類的，簡直嚇壞了。他不敢相信有年輕人在巴士站隨手亂丟飲料罐。他以為那裡只有教授走來走去。

他早到了三個鐘頭，所以在時髦的唱片行買了幾張唱片。他買了自己原本不想要的唱片，因為太難為情，不敢糾正櫃檯的那個男人。他到酒吧，喝了兩杯健力士啤酒，抽了菸，一根接一根。我們的爸爸很安靜，很機靈，很浪漫。

當時室內還可以抽菸。

牛津的幅員和現代化讓我們爸爸幻想破滅。他原本以為在活動開始之前或許可以碰到泰德，或彼得・瑞德葛洛夫[16]。他為自己的天真無知感到羞愧，所以又喝了第三杯。他正在讀奧西普・曼德爾施塔姆[18]，在書上劃線、折頁角，抄到自己的筆記本上。他以為酒吧裡會擠滿和他做同樣事情的年輕思想家，但酒吧裡什麼人也沒有，只有一個穿馬刺隊T恤，吃貝果的男人。

我們爸爸在巴士站隔壁這間爛酒吧裡。

他對休斯和普拉絲的關係有最即時的分析與看法。其中一個觀點是所有的這些都該結束了。是時候擺脫這些廢話，不要再有什麼黨派或生平事蹟的爭論，純粹只評論詩本身。他是支持泰德的，我們爸爸。在往牛津的巴士上，他想像自己在鑲木板的酒吧裡和喧鬧不休的普拉絲粉絲大聲爭論。「好吧，好吧，我們接受泰德的〈河流〉。」他們說。「太好了，」爸會說：「那我就接受普拉絲的〈巨石像〉。」

說起來，我們爸爸這人是很老實可靠的。安靜，機靈，不過很慘的是太不冷靜。我們得卯足全力，才把這些亂七八糟的東西從他心裡挖出來。我們確信，這是我們媽媽想要的。這是我們愛他、謝謝他最好的方法。

他的票讓他可以免費喝一杯酒。

他還留著那張票，擺在他的泰德檔案夾裡。

他坐在接近前排的位子。

他等待他的英雄。

（一個大塊頭男人，帶了本寫滿眉批破破爛爛的精裝書，身上穿的八成是防水外套，身上甚至飄著德文郡農場的氣息，說不定口袋裡還有一團稀爛的鮭魚內臟哩。招牌也似的櫻草花毛茸茸，褪色了，爸知道，但他的頭髮像什麼樣子？或許是瀟灑的桂冠詩人短髮也說不定。這天會全部討論莎士比亞，還是會討論一兩首詩？一兩首新寫的詩，泰德？給你年輕的粉絲們？那些把你和約翰·多恩、彌爾頓相提並論的年輕男孩？）

泰德來的時候，看起來有點不太舒服。

對談在充滿敬意的氣氛中進行。他對當時的情況記得不太清楚，只記得是非常非常莎士比亞的深入討論，其中一個與談人還對泰德頗有敵意。

到了提問的時間，我們這位才十八歲的爸爸早已經是脖子漲得通紅、掌心冒汗、準備好提問的粉絲了。後面的那位，卡利班[19]和帝國的問題。嗯，旁邊那位女士，有關於負評的問題。好，先生，前面這位，有關於希薇雅的問題，喜歡泰德的眾人嘆一口氣，主席很有禮貌的說：「這問題和本次討論無關。」接著，喜悅，噢，無上的喜悅，年輕人，坐在中間的這位。

爸爸站起來，這有點可笑，因為其他人都沒這樣做。他站起來，我們咯咯笑。

他的問題非常長，也非常誠懇，講得有點夾雜不清，但是是有關核子戰爭，有關新聞審查、污染，以及詹姆斯一世的問題。泰德點點頭，露出微笑，點頭，然後主席說：「謝謝你，非常好，這比較像是一篇論文而不是一個問題，但還是謝謝你。很可惜，我必須說我們時間已經到了。」

爸爸痛苦地坐下，臀骨重重撞到座椅，臉色赤紅，眼淚刺痛。

有一回他講這個故事的時候，媽媽顯然哭了，但是慢著！慢著！我們一起大叫。慢著，爸，你這個大笨蛋！你並沒有讓那個主席羞辱你啊！我們就是因為這樣才愛你，才取笑你的。這是快樂的結局！

我們爸爸拖著腳步往出口走去時，詩人的大手拍著他的肩膀，泰德．休斯那深達二十噚低沉單調溫暖的約克郡口音裹住了我們這位快樂的爸爸。

「好，」休斯深深看著我們爸爸的眼睛。

「好？」我們爸爸說。

「是的。」休斯說，轉身離去。

然後我們爸爸忘了他問什麼問題，然後泰德·休斯死了，我們媽媽也死了，我兄弟把牛津的故事講給我聽，完全不同的故事。

PART THREE

請求離去

PERMISSION TO LEAVE

烏鴉

這是你妻子怎麼死去的故事。

爸爸

我改變主意了。我不想聽。

烏鴉

但這就是重點。她撞到頭了。

爸爸

烏鴉，真的，沒關係。我了解。我不需要知道。

烏鴉

這還真好玩。

爸爸

親愛的烏鴉：

你有一次站在我床邊，用低沉的烏叫嗓音叫我絕對不要再婚，叫我要封閉自己的心，綁緊自己的老二。我們烏鴉是一夫一妻的，你說，用你凸出的烏喙啄著我的額頭。

後來，你站在我床邊，把泰德的故事告訴我。你用約克郡教師的口音，叫我重新振作起來，找個愛人，打起精神，替兒子想想。努力吧，你說，你應該找個喜歡聽人喊「小媽」的可愛小妞同居。滾滾床單。我掀開被子起身，打你、捶你，對你吐口水，但你已經跑掉了，而我必須在你說的和我想的夾擊之下，沉沉入睡。沒睡。

尖銳的邊緣。

臭臭的口氣。

男孩

有一回我們在廚房餐桌畫畫，爸爸說：「畢卡索的偉大遠遠超乎我們的想像。」我兄弟說：「胡搞瞎搞的老爸！」爸爸哈哈大笑，笑得太厲害，差點吐出來。

我們虐待他，取笑他，因為這樣似乎會讓他想起我們媽媽。

很久很久以前，我們和奶奶去一個秘密的地方。那裡有一堵半圓形的紅沙牆，原本是在海裡的。伸腳一踢，就有個貝殼掉出來。在一片燦黃色的油菜花田中央。

爸爸沒來。那是和爸爸沒有關係的事情。

她得了感冒。生病在她來說是很不尋常的。男孩還很小，外面在下雪，她受不了我們在家裡橫衝直撞，所以我們穿上衣服，到公園玩雪橇。沒有她在身邊，我們很悲慘。男孩不知道他們的帽子在哪裡，沒辦法把連指手套穿過羽絨衣。他們不想碰見其他男生，坐雪橇滑下山坡的那些大男孩。簡直絕望。我帶他們出門，沒穿防水靴，所以還沒走到馬路上，他們的小腳趾就凍得發痛了。他們嘀嘀咕咕抱怨，我們三個都覺得，沒有她，事情怎麼都不對勁。他們很可憐我。我覺得很慚愧，我身為父親的光環竟然完全仰賴她而存在。要是我知道那是我們終此餘生的一次彩排，我就會說**打起精神來**，**你們這兩個小子**，或者**幫幫我**。或者帶走我，讓我代替她離開，拜託。

爸爸

烏鴉**不**怕的事情是：

泰德。

希薇雅的傳記。

上帝。

風車農場。

沒媽的孩子。

禿鷹。

稻草人。

男人。

死亡。

烏鴉會怕的事情是：
離婚。
詭計。
生意。
天主教。
有刺鐵絲網。
殺蟲劑。
八卦。
動物剝製標本。
凱斯·薩加[20]。

爸爸

大約兩年之後，雖然還太早，但時機恰恰好，我帶了一個女人回家，是我在研討會上認識的一位普拉絲學者。

她很風趣，很聰明，而且在床上竭力求表現。我們必須悄悄進行，因為男孩們在樓上睡覺。

她很柔軟，很漂亮，她的裸體和我妻子並不一樣，而且她的呼吸有著香瓜的味道。但我們坐在我妻子買來的沙發上，用我妻子買來的杯子喝葡萄酒，在我妻子畫的圖畫下方，在我妻子死去的公寓裡。

我並沒有和很多女人有性關係，而且只有在和妻子做，做我妻子喜歡的事時才做得好。我不想做那些事，也不想思索我該不該做那些事，甚至連這個念頭都不希望想起。什麼事呢？就是我先撞到她的牙齒，然後跪在她大腿上，然後拚命道歉，然後太快就來，然後用力過猛，然後又變得不夠猛。

但是進行得很順利，她很可愛，我們坐起來，對著窗外抽她嗆辣的菸，談起我們所讀過的東西，什麼都談，就是不談希薇雅和泰德所寫的東西或有關於他倆的事情。

她離開，歡快的心情讓我覺得有點緊張。我在公寓裡走來走去，彷彿是第一次來看房子，跨出大大的步伐，有點過度堅決地仔細查看每一吋表面。我上樓去看那兩個男生。

＊

我下來的時候，烏鴉在沙發上，模仿我的抽動和呻吟。

男孩

我們似乎耗費了十年的工夫才釐清這件事的影響，拼了命的努力，然後憂傷彷彿就給鑿出了大沉孔。

和每個人都一樣，其實。

我們以前常常想，她有一天會回來，說這只是個考驗而已。

我們以前常常想，我們會和她死於相同的年齡。

我們以前常常想，她可以透過鏡子看見我們。

我們以前常常想，她是潛伏的密探，給爸爸錢，換取最新消息。

我們很小心的讓她慢慢變老，從不讓她停止變化。在爸爸變成爺爺時，我們也很小心的讓她變成了奶奶。

我們希望她喜歡我們。

爸爸

親愛的孩子：

你媽死後大約三年的那個聖誕節，我送你們兩兄弟上床睡覺，然後躺在沙發上喝紅酒，讀羅納．史都華．湯瑪斯[21]的書，她走進來，說哈囉。她全身赤裸，只穿了襪子（就算是在她生前，也絕對算不上好看）。她在地毯上絆了一下，踉蹌幾步，膝蓋撞上茶几。我們上樓，我幫她的瘀青塗藥膏，又為了醫藥櫃的凌亂不堪吵嘴。然後我們在你們的襪子裡塞滿禮物，躡手躡腳走進你們房間，把襪子掛在你們床上。我去睡覺，你們媽媽繼續坐在那裡看書。

這絕對是真的。

你們乖嗎？別擔心做了什麼或沒做什麼，沒關係的。

愛你的，
爸爸

男孩

兄弟中的一個坐在另一個裡面，很努力，但覺得很生氣。是我啊。我有幾年的時間很不好過，現在沒事了，但我很安靜，我不感情用事。我兄弟大聲喊著**嘎啊啊**，和他們講話。我人生裡那可怕的幾年是髒烏鴉。告訴你一個小秘密。我從來不讀啊。我不喜歡休斯，我不喜歡詩。

神經錯亂。狂妄自負。否定。耽溺。莫名其妙。

我十幾歲的時候，帶著來福槍到野地裡去獵烏鴉。我打下一隻，想繼續打。我想要把這些有著醜惡鳥喙的黑色鳥屍堆成一堆，放火燒掉。但他們太聰明了，知道我想要做什麼，始終離我遠遠的。

我回到那隻死烏鴉的旁邊時，正好看見他一跛一跛地穿過碎石遍布的地面。

爸有幾個女朋友，但始終沒再婚，這樣似乎對每一個來說都最好。

我既是哥哥也是弟弟。

爸爸

「往前走」的這個概念，在一兩年之後，由親切的男人代表他們善心的妻子提出來討論。那些愛我的女人。從我小時候就認識我的女人。

噢，我說，我們往前走。**我們活像三根煞不住的巨大鞭炮，他媽的拚命往前飛衝**，謝謝你啊，傑佛瑞，替我向珍恩問好。

繼續往前走的這個概念是說給笨蛋聽的，因為任何有理智的人都知道，哀慟是長期的事情。我不願躁進。刺穿我們的疼痛讓我們無法變慢，無法加速，也無法立定不動。

所以，在墨藍色的夏日半夜，我走進他們的房間，聽他們的呼吸。被子亂七八糟糾成一團，柔軟纖小的四肢從印著機器人和海盜的棉布、各式各樣的軟玩具中露出來。我和妻子常常進來幫他們蓋被子，看見他們睡得如此之熟，總是覺得很不可思議。我們笑著說他們多麼漂亮啊——「真是太不正常了！」我們說。是的，不正常。

我站在那裡，吸著他們的氣息，思索著——一如既往——諸如脆弱、危險、幸運、不完美、機遇、親切、好玩、誠實、眼睛、頭髮、骨頭，不知不覺就能恢復活力的青春，永遠不緊張，永遠都可以親上一口，就算長癬，就算有鹹鹹的汗味，我也還是願意親他們。我對他們的愛如此之深，有好多個夜晚，我覺得自己被徹底撕裂，我大聲問他們：

你們想**往前走**嗎？

沒有回答。

我們應該思考**往前走**嗎？

鼻孔裡的氣息咻咻，呼呼，舌頭噠噠，答答，嘆氣，公寓上層有著看不見的空氣，柔和且濃縮的空氣，那是公寓頂層，孩子們沉睡作夢的房間。

不，我說，我贊成，我們現在做得很好。

我正要離開的時候，烏鴉來到我身邊，關上門，伸出翅膀，溫暖地夾住我。

你不孤單，孩子。

男孩

很久很久以前，我是個大人，我有孩子，有妻子，有汽車。我有點像爸爸。

我們開車穿過齊騰斯、唐斯、摩爾斯、布洛德斯，唱著〈英國人的英國假期〉。我爸以前就是這樣的，他帶我們認識英國。威爾斯的卡德埃德利斯山、索夫克的海濱卵石道、約克郡的馬里昂瀑布。現在我的小小孩看見烏鴉就大叫：「嘎鴉！」因為我看見烏鴉就喊著：**嘎啊啊**。

我講故事，說的是我們家的朋友，也就是烏鴉的故事。我妻子搖搖頭。她覺得太怪異了，我竟然這麼樂於回憶和一隻想像出來的烏鴉共度的家族假期。我點醒她，情況有可能完全不同，也可能有完全不同的發展，但話說回來，這一切或多或少都還算是正面的。我們想念媽媽，我們愛爸爸，我們對烏鴉揮手。

這沒那麼怪異啦。

爸爸

「聽聽看這個。這好到讓你沒辦法錯過。啦—砰—啪—砰—啪—啦。」

啪！

「滾開，烏鴉。」

男人　你怎麼知道自己找到值得挑起來的東西了？

烏　這個嘛，這主要是看準備就緒的狀態，一方面是本能（餓，或者不餓），一方面是務實（看起來漂亮的一包薯片，看起來不錯的寡婦鰥夫）。你肯定記得，我早期那髒話連篇的烏鴉亂叫，其實是條理分明的照護方案，特別為了你的康復而設計的。

男人　我的反應和你預期的一樣嗎？

烏　更好。但這要歸功於那兩個男孩，以及期限。我知道你一把那本《烏鴉》論文的最後定稿寄給出版社，我的工作就結束了。

男人　我的哀慟結束了？

鳥　不，完全不是。你結束的是無助。哀慟是你現在還有，但並不需要烏鴉幫忙的事。

男人　我同意。已經完全改變了。

鳥　哀慟？

男人　是的。

鳥　改變的是一切。這是由自我個性組成的，混亂而美麗。既具備像數學般精確的特質，也用許多自然的形式加以呈現。

男人　例如？

鳥　該從何說起。噢，羽毛。糞便？波浪？蜂巢？繩子？腸子？骨頭？羽毛，這麼說吧，貓門，等等，不對，等等，帽子，拖把，陷阱，書本，白嘴鴉，小溪，看看我的鳥喙我的……

男人　這太荒謬了。

我覺得就算妻子的鬼魂之前沒在我身邊徘徊，此刻肯定也會開始在我耳邊說：「你必須叫烏鴉離開了。」

男孩

這就是我們對爸爸所知的一切。他是個安靜的男生。他沒繼承家業，整天亂寫亂畫，很容易被學校裡的壞孩子欺負。他沒有算術天分，人生的前二十年都花在看書、踢著還不錯但不夠好的足球，以及等待媽媽。他喜歡希臘神話、俄國人與喬伊斯。他等著成為我們的爸爸。

然後我們媽媽和爸爸戀愛了，他們的關係堅強如石牆，而且非常持久，大家都說這是輕鬆愉快且自然而然的，他們的味道變成一樣，同一個味道，我們的味道。我們。

之後，他更安靜了。有兩三年的時間，大家都覺得他變得很怪。他有著萬年不變的表情，像漂浮不定的人會有的那種神態，在傍晚啤酒般的金色光線裡緩緩轉身，因為那持久不變的暖意而感到驚訝。肩膀半旋，半瞇眼，半微笑。悲傷慢慢的釋放，一直湧現不止，不止，不止，讓他困惑不解。而今回顧，我想是因為我們。他無法發怒。他無法去死。他無法為失去妻子而發怒咒罵，因為在這笑聲、歌聲、曬出雀斑點點的英國夏日，他面前有著嘀嘀嘟嘟的樂聲歡響。若說烏鴉教會了他什麼，那或許就是恆常的平衡。因為少了一個沒那麼齷齪的字眼：信念。

哀號的悲傷，意思是沒錯，是謝謝你，是往前走。

爸爸

我那本泰德・休斯的小書反應很好。《泰晤士報文學副刊》有一篇書評：

「這書斷然拒絕對休斯與他的詩進行結構性的批判，休斯本人或其詩作的粉絲顯然都可以得到滿足。」

我那位邋遢的曼徹斯特出版商請我去吃午餐。

我告訴他說我想寫一本書，用烏鴉來給泰德・休斯全部的作品下註解。

「寫本巴席爾・邦亭[22]如何？」他說。

我解釋說，烏鴉將顛覆、圖解、玷污泰德的作品。將會是更為深入、更加狂放不羈的分析，是一種批判，也是一種復仇行為。這將會是一本剪貼簿，一幅拼貼畫，一部繪圖小說，形式之間的疆界消融於無形，因為烏鴉是惡作劇的妖精，是古代也是後現代，是插畫家，是編輯，是野蠻人……

「我們可以買單了嗎？」我的出版商說，「你應該往前走了。寫本派普[23]與貝傑曼[24]的小書如何？」

所以我回家，和烏鴉談拆夥的事。

我找不到他。我看見男孩在臥房，對著天花板丟濕衛生紙捲成的球。這讓我很生氣，因為我告訴過他們，這樣會在油漆上留下一塊塊水漬。等

我清理乾淨，幫他們煮了晚飯，送他們上床睡覺之後才明白，烏鴉已經離開了。

烏鴉

請求離開。我的工作結束了。
我最後應該巡禮一圈，繞著男孩爸爸的疆界，跳／看／跳／停。
我最後應該循著直覺，傷心地尋找午餐盒？
我夢見我找到她的時候，她手臂是藍色的。
但我手碰到的地方是紅色的，有點反應，稍微啄一下，然後呢？
多漂亮的一身肉，如今只剩骨頭，
在家裡發生的意外。
她撞到頭，作了夢，生病，睡著，起床，跌倒。
躺在那裡，死了。血從耳朵流出來。
跳／看／嗅／嚐／最好不要。徹頭徹尾的浪費。

了無生息的臉頰，了無生息的腿脛、腳和腳趾。婚戒。微笑。

醫護人員抵達，孩子們在學校學習，學習。

而你，英國鰥夫，像個綠葉雕飾的頭像，

慢慢走下坡，變老，呻吟，駝背，發怒，噴氣。

薪水，考試，犯錯，謊言，歡天喜地的時光推移。可怕的亡者如開滿野花的草地。等待適當時機重新開始。

有些爸爸這樣做，有些爸爸那樣做。有些天生邪惡，有些相當善良。

砍樹梢，繫浮船，永遠都是這樣。鬆緊帶，聞一聞，打噴嚏，我們走了。

修剪樹林，才長得好。

他們是懂得如何懷念母親的藝術鑑賞家。
我萬分榮幸。

要乖，聽鳥的話。

想像的動物長生不死，需要也是，能力也是。

要乖，好好照顧你兄弟。

男孩

爸爸說這是撒媽媽骨灰的最好時機。

他那天早上打電話給學校，說我們感冒了。我周圍都是病菌，他對學校秘書開玩笑說，這裡情況太不好，他們太耗體力了，如果你懂我的意思的話。

總之。我們哈哈大笑。

走吧，孩子。穿上外套。戴上帽子。我們就動手吧。

爸爸

我們到她很愛的一個地方。我在車上告訴他們，我知道自從他們媽媽死了之後，我就變成一個很異常的爸爸。他們叫我別擔心。我告訴他們，那些關於烏鴉的胡說八道都結束了，我要開始恢復一些教書的工作，不再想著泰德・休斯。

他們叫我別擔心。

我們停車，沿著對角線迎風而走。

我們尿尿，風把我們的尿往回吹，吹到我們的褲子上。

男孩在鵝卵石地裡挖洞的時候，我打盹，醒來時他們睡著了，像衛兵一樣守在我身邊，拉起外套的帽子。我覺得很溫暖。

我沒吵醒他們。我走向海濱。我跪下來，打開錫盒。

我叫著她的名字。

我背誦〈愛歌〉，這是我很喜歡、但她向來覺得不怎麼樣的一首詩。我為唸這首詩而道歉，告訴自己說不必擔心。

骨灰被風吹動，好像滿懷渴望，所以我傾倒錫盒，對著風呼喊：

我愛你我愛你我愛你我愛你

骨灰揚起，像雲似的，未能凝結成形的雲，非常合乎科學地迅速飛颺，看得出來一點希望都沒有。這是一場謀殺，燒焦的小小鳥屍漫天飛舞，在灰色的天空上，灰色的大海上，亮白的陽光裡，然後消失無蹤。男孩們在我背後，掀起宛如巨濤的笑聲，大吼大叫，抱著我的腿，絆倒，抓緊，跳躍，旋轉，踉蹌，大吼，尖叫，兩個男生高聲吶喊：

我愛你我愛你我愛你

他們的聲音是他們媽媽的生命與歌聲。尚未結束。美好非常。一切的一切。

註釋

1 獵人赫恩（Herne the hunter），傳說出沒於英國溫莎森林的幽靈，頭上長著鹿角。

2 聖文森特（Saint Vincent），葡萄牙首都里斯本的守護聖徒。

3 派翠西亞・海史密斯（Patricia Highsmith），一九二一～一九九五，美國小說家，最知名的作品為推理小說雷普利系列。

4 狄蘭・湯瑪斯（Dylan Thomas，一九一四～一九五三），威爾斯詩人、作家。

5 泰德・休斯（Ted Hughes，一九三〇～一九九八），英國詩人，一九八四年被授予「桂冠詩人」封號。他與美國知名女詩人希薇亞・普拉絲（Sylvia Plath，一九三二～一九六三）的婚姻非常轟動，但卻以悲劇收場，普拉絲自殺讓他飽受指責。烏鴉在休斯的作品中具有獨特的意義，詩集《烏鴉》集結他以烏鴉為主角而寫的詩作，大部分寫於普拉絲自殺之後幾年，被認為是他最具代表性的作品。

6 巴斯金（Leonard Baskin，一九二二～二〇〇〇），美國雕塑家與插畫家，為泰德・休斯好友，為他的作品畫過許多插畫，包括《烏鴉》。

7 伊本阿拉比（Ibn' Arabi，一一六五～一二四〇），為安達魯西亞的神秘主義者、詩人與哲學家，被蘇菲教派稱為「最偉大的大師」。

8 咆哮之狼（Howlin' Wolf，本名 Chester Arthur Burnett，一九一〇～一九七六），知名的美國非裔藍調歌手。

9 拉孔奧（Lacoön），希臘神話人物，為特洛伊祭司，因為不聽從天神命令，警告特洛伊人木馬屠城之計，觸怒太陽神阿波羅，派出海蛇追殺他與兩個兒子，齧咬而死。

10 喬治・戴爾（George Dyer），為英國畫家法蘭西斯・培根（Francis Bacon，一九〇九～一九九二）的伴侶，培根作品以粗獷犀利如惡夢的肖像畫著稱，在一九七一年喬治・戴爾自殺後，作品更趨向黑暗。

11 格呂內華德（Matthias Grunewald，一四七〇～一五二八），日耳曼畫家，傳世的皆為宗教畫，代表作是亞爾薩斯教堂的祭壇畫，描繪耶穌釘刑、復活、聖告等。

12 威尼柯特（Donald Winnicott，一八九六～一九七一），英國精神分析學家，著重研究創傷經歷。

13 波呂斐摩斯（Polyphemus），希臘神話裡的獨眼巨人。

14 《玫瑰馬羅伯特》（*Robert the Rose Horse*）是一本知名的美國繪本，內容描述一匹名叫羅伯特的馬對玫瑰過敏，惹出種種麻煩。

15 柯川（John Coltrane，一九二六～一九六七），美國知名爵士樂手。

16 艾佛・吵死人・葛尼（Ivor Bertie Gurney，一八九〇～一九七三），英國詩人與作曲家。作者把他的中間名 Bertie 改成 Blooming。

17 彼得・瑞德葛洛夫（Peter Redgrove，一九三二～二〇〇三），英國詩人。

18 奧西普・曼德爾施塔姆（Osip Mandelstam，一八九一～一九三八），俄國詩人、評論家。

19 卡利班（Caliban），莎劇《暴風雨》裡的醜惡僕人。

20 凱斯・薩加（Keith Sagar，一九三四～二〇一三），英國傳記作家，以《泰德・休斯傳》聞名。

21 羅納・史都華・湯瑪斯（Ronald Stuart Thomas，一九一三～二〇〇〇），英國詩人。

22 巴席爾・邦亭（Basil Bunting，一九〇〇～一九八五），英國知名詩人。

23 派普（John Piper，一九〇三～一九九二），英國畫家，擅風景畫，並常與詩人合作。

24 貝傑曼（John Betjeman，一九〇六～一九八四），英國詩人。

作者　譯者　簡介

麥克斯・波特｜任職於出版業，與他的妻兒住在倫敦南部。於二〇一五年所推出的《悲傷長了翅膀》是英國近年文壇公認最詭奇炫目、最讓人依戀不已的處女作小說之一。波特自稱這是一部「眾聲的寓言……在散文、詩、劇本、童話、小品文之間恣意遊走的小書」。這部小說的成就在於將黑色喜劇與沉痛傷懷巧妙融洽為一體，成功勾勒出哀戚、單親爸爸溫柔之心，以及文學如何幫助我們面對生活。

本書主軸宛若一部直線式敘事的悲傷回憶錄，某個家庭成員突然過世，全家人的世界陷入地動天搖，波特刻意不點明女主人的死因，為父親與兩個小男孩輪流發聲，描繪出每一個角色獨特的感傷思路。他們慢慢從到喪母或喪妻傷痛之中走了出來，充滿感情的結局讓人揪心不已。

這個主題與波特自己的童年喪親經驗息息相關，不過，他選擇呈現感受的方式並非是透過血淋淋的寫實面向，反而運用了某種促進釋放創意潛能的手法。讀者很快就會發現，原文書名的「thing with feathers」與封面的烏鴉設計，絕非只是單純的隱喻象徵而已。

李靜宜｜國立政治大學外交系畢業，外交研究所博士班，美國史丹福大學訪問學者。曾任職出版社與外交部。譯有《直覺》（*Intuition*）、《追風箏的孩子》（*The Kite Runner*）、《完美的間諜》（*A Perfect Spy*）、《史邁利的人馬》（*Smiley's People*）、《極北》（*Far North*）等。

國家圖書館出版品預行編目｜Cataloging in Publication｜資料

悲傷長了翅膀／麥克斯・波特作；李靜宜譯・——初版・——臺北市：春天出版國際 2017.11
面；　公分・——（春天文學；14）
譯自：*Grief is the thing with Feathers*
International Standard Book Number 978-986-95558-3-8（平裝）

873.57 106018663

春天文學　　悲傷長了翅膀　麥克斯・波特
14　　Grief is the thing with Feathers　Max Porter

譯者：李靜宜
總編輯：莊宜勳
主編：鍾靈
出版者：春天出版國際文化有限公司
地址：台北市信義路四段 458 號 3 樓
電話：02-7718-0898
傳真：02-7718-2388
電子信箱：frank.spring@msa.hinet.net
網址：http://www.bookspring.com.tw
部落格：http://blog.pixnet.net/bookspring
郵政帳號：1970-5538
戶名：春天出版國際文化有限公司
法律顧問：蕭顯忠律師事務所
出版日期：二〇一七年十一月初版
定價：260 元

總經銷：楨德圖書事業有限公司
地址：台北縣新店市復興路 45 號 3 樓
電話：02-2219-2839
傳真：02-8667-2510
香港總代理：一代匯集
地址：九龍旺角塘尾道 64 號 龍駒企業大廈 10 B&D 室
電話：852-2783-8102
傳真：852-2396-0050

International Standard Book Number 978-986-95558-3-8　　Book Design by wangzhihong.com

GRIEF IS THE THING WITH FEATHERS by MAX PORTER
First published in 2015 by Faber & Faber Ltd

This edition arranged with Faber and Faber Ltd.
through Big Apple Agency, Inc., Labuan Malaysia.